SILLAGES

RENÉE VIVIEN

# Sillages

NOUVELLE ÉDITION

PARIS
*Edward SANSOT, éditeur,*
7, RUE DE L'ÉPERON, 7.

*A MON AMIE*

H.-L.-C.-B.

# INVOCATION

Dans l'Hadès souterrain où la nuit est parfaite
Te souviens-tu de l'île odorante, ô Psappha ?
Du verger où l'élan des lyres triompha,
Et des pommiers fleuris où la brise s'arrête ?

Toi qui fus à la fois l'amoureuse et l'amant
Te souviens-tu d'Atthis, parmi les ombres pâles,
De ses refus et de ses rires, de ses râles,
De son corps étendu, virginal et dormant ?

Te souviens-tu des hauts trépieds et de leurs flammes ?
De la voix d'Eranna, s'élevant vers la nuit,
Pour l'hymne plus léger qu'une aile qui s'enfuit,
Mais que ne perdra point la mémoire des femmes ?

Ouvre ta bouche ardente et musicale... Dis !
Te souviens-tu de ta maison à Mitylène,
Des cris mélodieux, des baisers dont fut pleine
Cette demeure où tu parus et resplendis ?

Revois la mer, et les côtes asiatiques
Si proches dans le beau violet du couchant,
Et que tu contemplais, en méditant un chant
Sans fautes, mais tiré des barbares musiques !

Le Léthé peut-il faire oublier les vergers
Qui dorment à l'abri des coups de vent maussades,
Et leurs pommes et leurs figues et leurs grenades
Et le doux tremblement des oliviers légers ?

Peut-il faire oublier le pas lassé des chèvres
Vers l'étable, et l'odeur des vignes de l'été ?...
Dors-tu tranquillement là-bas, en vérité,
Toi dont le nom divin est toujours sur nos lèvres ?

Toi qui fus la prêtresse et l'égale des Dieux,
Toi que vint écouter Aphrodite, elle-même,
Dis-nous que ton génie est demeuré suprême,
Que le sommeil n'a pu s'emparer de tes yeux !

Parmi les flots pesants et les ombres dormantes,
Toi qui servis, dans sa beauté, l'Erôs vainqueur,
L'Erôs au feu subtil qui fait battre le cœur,
As-tu donc oublié le baiser des amantes ?

Les vierges de nos jours égalent en douceur
Celles-là que tes chants rendirent éternelles,
Les vignes de Lesbos sont toujours aussi belles,
La mer n'a point changé son murmure berceur.

Ah ! rejette en riant tes couronnes fanées !
Et, si jamais l'amour te fut amer et doux,
Ecoute maintenant et reviens parmi nous
Qui t'aimons à travers l'espace et les années !

## MALÉDICTION SUR UN JARDIN

Fane-toi, beau jardin dont j'aimais les odeurs,
Où s'attardaient, plaintifs et las, les vents rôdeurs.
Que périssent demain tes miels et tes odeurs !

Et que d'infâmes vers rongent le cœur des roses !
Que penchent les pavots et les pivoines closes...
O jardin, que le soir fasse mourir tes roses !

Vienne le vent mauvais qui tuera ces jasmins
Qu'elle cueillait hier, en songeant, de ses mains
Qui restaient pâles dans la pâleur des jasmins.

Que monte la marée invincible des herbes
Furieuses autant que les vagues acerbes,
Sans nombre, comme la multitude des herbes.

Et que ce flot tenace étrangle les grands lys
Pareils à sa blancheur et qu'elle aimait jadis !
C'est presque la tuer que de tuer ces lys.

Je saluerai le flot hostile de ces ronces
Dont l'accueil est pareil à de rudes semonces,
Et je bénis le mal infligé par ces ronces.

Jardin, pourquoi serais-tu beau, jeune et charmant,
Toi qui ne reçois plus mes pas fiévreux d'amant,
Et qui n'abrites plus son jeune corps charmant ?

Je t'abandonne aux yeux futurs, je te délaisse...
Puisque tu ne plais plus à la belle maîtresse
Qui t'aimait, à mon tour, jardin, je te délaisse...

Beau jardin où nos pas ne s'égareront plus,
Reçois des étrangers les longs soins superflus...
Fane-toi, beau jardin, puisqu'elle n'aime plus !

# SONNET POUR LA LUNE

Protectrice de ce qui s'effare et qui fuit,
Souveraine des bois, des sommets et des rives,
Toi qui prêtes un songe illusoire aux captives
Que le malheur inné de leur race poursuit,

Toi dont le regard froid et mystique traduit
Le pâle amour de nos âmes contemplatives,
Toi qui dores un peu l'argent vert des olives,
Toi qui daignes sourire aux filles de la nuit,

Toi qui règnes sur les grenouilles, sur les lièvres,
Sur les eaux, les marais où sommeillent les fièvres,
Les fleuves et les mers que tu sais engourdir,

Visite-moi couchée à l'ombre d'une berge !
Mon cœur n'a plus que le vide de son désir
Et j'aime vainement l'étoile la plus vierge !

## AMATA

*« Je ne veux que le sourire de ta bouche... »*

Dis, que veux-tu de moi qui t'aime, ô mon souci !
Et comment retenir ton caprice de femme ?
Prends mes anneaux... Prends mes colliers... Et
[prends aussi
Ce que j'ai de plus rare et de plus beau : mon âme.

Si mon très grand désir t'importune, ce soir
Je me refuserai la douceur de ta couche
Et dissimulerai mon fiévreux désespoir,
Car je ne veux que le sourire de ta bouche.

Ton vouloir est mon vœu, mon désir et ma loi,
Et si quelque étrangère apparaît plus aimable
A tes regards changeants, prends-la, réjouis-toi !
Moi-même dresserai le lit doux et la table...

O toi que je verrai dans les yeux de la mort !
Que ne peux-tu me demander, à moi qui t'aime ?
Je mets entre tes doigts insouciants mon sort,
O toi, douceur finale, ô toi, douleur suprême !

# VÊTUE

## I

Ta robe participe à ton être enchanté,
O ma très chère!... Elle est un peu de ta beauté.

La respirer, c'est ton odeur que l'on dérobe.
Ton cœur intime vit dans les plis de ta robe,

L'odeur de nos baisers anciens est dans ses plis...
Elle se ressouvient de nos divins oublis.

Et mon être secret je suis presque jalouse
De l'étoffe qui suit ton corps est l'épouse.

J'ose te l'avouer, en un soir hasardeux
Où l'on s'exprime enfin... Nous t'aimons toutes deux.

D'avoir été si prêt de ta douceur suprême,
Ta robe est ma rivale, et cependant je l'aime...

## II

Tu n'aimes déjà plus ta robe de jadis,
Soyeuse et longue ainsi qu'un irreel iris.

Mais moi je l'aime et je la veux et la garde,
Pour moi, le passé reste et l'autrefois s'attarde.

J'adore ces chers plis du voile transparent
Qui n'enveloppe plus ton corps indifférent

Garde-moi, parfumée ainsi qu'une momie,
Ta robe des beaux jours passés, ô mon amie !

# DANS UN VERGER

## PERSONNAGES

PSAPPHA.
ERANNA.
L'ETRANGÈRE.
ATTHIS.
DIKA.
DAMOPHYLA.

## CHŒUR DES VIERGES

GURINNO.
GORGO.
EUNEIKA.
MÉGARA.
ANAGORA.
TÉLÉSIPPA.

# DANS UN VERGER

Un verger de Mitylène, vers la fin d'un après-midi d'été.

Les vignes, chargées de grappes, se déroulent jusqu'à la mer. Le soleil brûle.

Au lever du rideau, Eranna tire quelques sons du paktis, mais ses mains retombent. Epuisée par la chaleur, elle parle d'une voix faible.

## SCÈNE I

ERANNA *(reposant le paktis contre un tronc d'olivier.)*

O vierge, le soleil est à son apogée.
Maître implacable, il règne et pèse sur l'Egée.
Je suis lasse et ne sais plus tirer du paktis
L'ode à l'Aphroditâ ni l'hymne à l'Adonis.

ATTHIS *(s'éventant avec effort.)*

Tu nous brûles, soleil !

DIKA

O soleil, tu nous brûles !

DAMOPHYLA

Vers le soir tombera la paix des crépuscules,
Il le faut espérer enfin, car nous souffrons
De ce pesant soleil abattu sur nos fronts.

EUNEIKA

Voici que monte, ainsi qu'un éclat de cymbales,
Infatigablement le long cri des cigales.

GURINNO

Grandement fatigués par l'été dessèchant,
Les bergers sur la route ont suspendu leur chant.

ERANNA

Puisque le dur soleil est le maître des choses,
*(Se tournant vers Dika.)*
Tissons, Dika, les brins de fenouil et les roses,
Toi qui seule entre tous sais parer les autels...

ATTHIS

L'Aphroditâ sourit aux fleurs que tu lui donnes
Et tes guirlandes sont chères aux Immortels.

ERANNA

De tes très tendres mains tresse-leur des couronnes,
Dans ce verger, si doux à l'abri du soleil,
Où des feuillages tombe et coule le sommeil.

---

## SCÈNE II

*(Une voyageuse, les vêtements couverts de poussière, entre, timide, hésitante et regardant autour d'elle.)*

ATTHIS

Une étrangère approche à pas lents.

ERANNA

Elle est belle.

DIKA

Ses yeux ont le regard jeune et fier des vainqueurs.

DAMOPHYLA

La nouvelle venue est digne de nos chœurs...

ATTHIS

Elle s'approche, lente et lasse.

ERANNA

Allons vers elle.

*(Se levant et s'approchant de l'étrangère.)*

Toi qui viens à travers les vignes de l'été
Réjouis-toi de ta jeunesse et ta beauté !
Que la vierge de ton désir te soit clémente,
Et que, reconnaissant le rythme aux strictes lois,
Le sarbitos docile obéisse à tes doigts
Imprégnés de fenouil, de roses et de menthe.

*(Avec un intérêt croissant.)*

Tes voiles sont de pourpre et tes parfums sont doux.
Vierge pareille aux fleurs, que cherches-tu de nous ?

L'ÉTRANGÈRE

Je porte le salut de ma ville natale
A Psappha de Lesbos, illustre par ses chants.

ERANNA

Salut ! Ici le cri strident de la cigale
S'adoucit, plus lointain, sous les rameaux penchants,
Et le repos est doux sur une couche molle.
Nos chœurs alterneront le chant et la parole
Pour te plaire et la brise est plus aimable ici.

DIKA (*apportant à la voyageuse une amphore et une coupe.*)

Il n'est rien de plus doux que l'eau fraîche. Voici
L'eau de la source pure au flanc de la montagne.

GURINNO

Je t'apporte un rayon de miel, ô ma compagne !
Plus frais que le nectar et plus doré que l'or.

DAMOPHYLA

Console ta fatigue, allonge ta paresse
Dans ce verger où de beaux chants ont pris l'essor
Plus rapides que les oiseaux de la Déesse.

MÉGARA

Veux-tu, pour rafraîchir ton front las, un coussin
D'un travail de Lydie aux couleurs délicates ?

DIKA

Et veux-tu des iris plus beaux sur un beau sein ?

TÉLÉSIPPA

Voici du métilot.

EUNEIKA

Voici des aromates.

ANAGORA

Voici des fruits dorés.

ERANNA *(détachant le paktis d'un geste solennel.)*

Et voici le paktis
Qui célèbre l'hymen et pleure l'Adônis.
On le suspend devant l'autel aux jours de fête.
Plus doux que le sommeil, plus fort que la tempête,
Lui seul calme le front de l'Erôs irrité.
Il se répand sur la montagne et sur la berge,

Et fait frémir de joie et d'orgueil la cité.
Le voici... Chante-nous avec son aide, ô vierge !
Les hymnes rituels de ton pays lointain
Qui pleurent une mort ou comblent un festin.

L'ÉTRANGÈRE

Plus tard je chanterai pour vous plaire, ô très belles !...
Je suis lasse d'avoir erré... Mais grâce aux Dieux
Je me repose enfin parmi vos chœurs heureux.
*(Une pause.)*
Parlez-moi de Psappha, mes compagnes nouvelles !
Dites-moi ce que sont ses cheveux et ses yeux
Afin qu'en vieillissant je bénisse les Dieux
D'avoir cueilli la fleur de ses grâces... J'écoute
Tel un pâtre lassé par l'ardeur de la route
Se réjouit du bruit des feuilles et de l'eau.
*(Avec une curiosité brûlante:)*
Elle est ardente et jeune et son visage est beau ?

DIKA

Ses cheveux sont plus noirs encor que l'aile ombreuse
De la nuit noire,

ATTHIS

Et son langage est lent et doux,
Car elle parle ainsi qu'une triste amoureuse.

GURINNO (*interrompant.*)

Tout ce qui l'environne est lumineux est doux.
Les étoiles, autour de la lune divine,
Voilent leur clair visage alors qu'elle illumine
La terre... Ainsi paraît celle-là parmi nous.
Son front est couronné de graves violettes.

GORIGO

Elle prête sa voix aux Déesses muettes,

DIKA

Je dirai ses yeux bleus, comparables à l'eau.

MÉGARA

Moi je comparerai très bien à l'arbrisseau
Jeune et souple son corps virginal...

ERANNA

A quoi puis-je
Comparer cette voix très glorieuse, orgueil

De Piéria dont le doux Lesbos est le seuil,
Et qui charme le cœur de ceux qu'Eros afflige ?
Beaucoup plus mélodieuse que ce paktis
Qu'Hermès tira de la tortue au temps jadis,
Et que le messager du printemps, immortelle
Comme eux-mêmes, elle a chanté devant les Dieux.
La Persuasion s'étonne devant elle...
(*Après une légère pause :*)
Et que dirai-je encor de la voix éternelle ?
Divine et s'élevant à la hauteur des cieux,
Dédaignant la louange ou le blâme des hommes,
Elle résonne, et nous, les chants jeunes, nous sommes
Selon sa volonté, tourmentés ou joyeux.
Parfois elle caresse, et parfois se courrouce,
Et parfois se lamente, au hasard du mélos.
Elle est incomparable...

L'ÉTRANGÈRE (*se tournant vers Eranna.*)

O vierge à la voix douce
Quel est ton nom ?

ERANNA

Je suis Eranna de Télos.

L'ÉTRANGÈRE

O toi dans ses beaux chœurs l'unique et la première !
« *Désormais une vierge aussi sage que toi,* »
Dit-elle, « *en aucun temps ne verra la lumière...* »
Et ces mots très lointains sont venus jusqu'à moi...
*(Se rapprochant d'Eranna :)*
Vierge, demeure ainsi, debout et face à face
Dévoilant la douceur qui sourit dans tes yeux.
Chère à Psappha, chère à Lesbos et chère aux Dieux
Fleuris dans ta splendeur, ô gloire de ta race !

ERANNA

Les mots que tu me dis sont bienveillants et doux...
*(Avec une humilité altière :)*
Le désir de Psappha me rendit glorieuse.
Quelqu'un, dans l'avenir, se souviendra de nous,
Je le crois...

L'ÉTRANGÈRE

Réjouis ton cher cœur d'orgueilleuse !
Car ton nom sera grand dans l'avenir lointain,

Puisque tu t'es mêlée aux chœurs blonds des Piérides.
Tu joignis au laurier le fenouil et le thym
Et doux est ton labeur, ô vierge aux yeux limpides !
Ce très noble labeur, noblement accompli !
Le sort des chants obscurs entassés dans l'oubli
N'est pas le tien. Salut !

ERANNA

Si je suis éternelle,
Si mon laurier naissant grandit et triompha,
C'est qu'il fleurit à l'ombre illustre de Psappha
Et mon éternité splendide me vient d'elle.
Mais, vous toutes sur qui tomba son beau regard.
Dites à l'étrangère, ô belles ! votre part
Dans la gloire de la Poétesse divine
Et vos beaux noms.

EUNEIKA

Je vins jadis de Salamine
Et je suis Euneika.

GORGO

Moi, Gorgô.

DIKA

Moi, Dika.

ATTHIS

Je suis la bienheureuse Atthis qu'elle invoqua
Lorsque la douce lune illuminait la terre.
Te souvient-il, toi que l'amour d'elle conduit
(*Se tournant vers l'Etrangère :*)
Vers nous ? Elle chantait : « *Il est plus de minuit*
*O belle ! l'heure passe et je dors solitaire...* »

ERANNA

Très désirable Atthis, vierge à la douce voix
Qu'Apollon attentif a lui-même écoutée !
Redis avec orgueil que Psappha t'a chantée
Alors qu'elle t'aimait aux longs jours d'autrefois.
Gurinno, pâle encor de ta vaine tendresse,
Et Gorgô, qui la rassasias pleinement,
Toi dont elle vanta le savoir et l'adresse,
Louez les Dieux de ce qu'elle fut votre amant !
Dites que ses beaux chants vous firent éternelles,

Que celle qui chanta votre aimable pâleur,
Votre forme pareille aux lys d'or, ô très belles !
Ayant connu le lit d'azur des hirondelles
Le quitta pour l'amour de vos bouches en fleur,
Qu'elle chanta ses chants pareils à la colère
Du vent sur la montagne en l'espoir de vous plaire.
(*Se tournant vers Damophyla :*)
Damophyla, dis à celle qui vient vers nous
Apportant le salut de sa ville avec elle,
Que ton chant, composé sur le divin modèle,
Honora l'Artémis aux traits cruels et doux,
Et que tu célébras ses flèches sur les berges,
L'ombre de ses forêts, le beau chœur de ses vierges,
Toi-même étant promise à la virginité.

DAMOPHYLA (*se tournant vers l'Etrangère ;*)

Salut !

L'ÉTRANGÈRE

Réjouis-toi jusqu'à l'éternité,
O gracieuse, et que ton doux nom soit chanté !
Que ta gloire traverse, à la nage, l'espace

Du Fleuve, traversant le vaste flot des morts !
Car toujours tu gardas le souci des accords,
Des choses nobles et belles, et de ta race.
(*Se tournant vers le chœur.*)
Vierges, grâce à l'Erôs et grâce aux beaux travaux
Que fit pour vous Psappha, vous êtes glorieuses.

ERANNA

Voyez ô chœur sacré des belles amoureuses !
Le soir descend sur les oliviers et les eaux.

L'ÉTRANGÈRE

Salut au soir, dont la lumière d'hyacinthe
Ne blesse point les yeux !...

ERANNA

Vois, la montagne éteinte
S'entoure d'ombre ainsi que d'un long voile noir.

DAMOPHYLA

C'est l'heure où les troupeaux retournent vers l'étable
Et les bergers vers le foyer et vers la table.

MÉGARA

L'enfant lasse revient vers la mère.

L'ÉTRANGÈRE

O doux soir,

Tendre soir, fils de Zeus !

ERANNA

O soir, ô vénérable !
Toi qui fais oublier le dur labeur du jour,
Ramène-nous vers le festin et vers l'amour
Et rallume la torche et prépare la table !

GURINNO

Voici que se prépare enfin la belle nuit,
Entre des bras très blancs qu'elle nous soit doublée !

ERANNA (*se tournant vers l'autel de l'Aphrodita.*)

J'invoque la Déesse en mon âme troublée,
Celle qui triomphe à l'approche de la nuit,
Celle qui sait tisser les trames de la ruse !

DAMOPHYLA

Qu'elle amène vers moi la belle qui me fuit,
Que je veux attirer, qui raille et qui refuse

Mes présents... Qu'elle vienne encore maintenant,
Vers mon constant amour! Que je sois délivrée
De mes cruels soucis!

ATTHIS

Qu'elle me soit livrée
Cœur et corps, celle qui me traite injustement,
Celle qui me trahit et me dompte, qui brise
Mon âme même par la détresse et méprise
Ma beauté pour un être inférieur et vil!

ERANNA

Reçois, fille de Zeus, Déesse au cœur subtil,
Répandu sur ton cher autel, ce lait de chèvres,
Et ce miel, et ce vin qui ressemble au nectar.
Si jamais ton doux nom a fleuri sur nos lèvres,
Viens parmi nous, ayant attelé ton beau char!
(*On entend au dehors une lamentation orientale, terrible et prolongée.*)
C'est la voix de Psappha, qui pleure et se lamente...
(*Se tournant vers l'autel :*)
Déesse, souviens-toi de Psappha!

GORGO

Sois clémente !

*(La terrible lamentation se prolonge.)*

ERANNA

O vierges, déchirez vos tuniques de lin,
Car Psappha meurt... L'Erôs a fondu sur son âme.

ATTHIS

Comparable au tonnerre est le courroux divin.

ERANNA

Comparable à l'éclair est sa terrible flamme.

ATTHIS

L'amour parle a travers un songe.

GURINNO

L'amour ment.

GORGO *(sans l'entendre.)*

L'amour n'est pas heureux.

DIKA

L'amour n'est pas clément.

ERANNA

Prends pitié de nos cœurs tourmentés, ô Déesse !
Lesbos est le plus beau d'entre tes beaux autels
Et Psappha t'a louée en des chants éternels.
Kupris, ne courbe point son front sous la détresse !

---

## SCÈNE III

*(Psappha entre. Elle est voilée de voiles noirs très èpais.)*

PSAPPHA

*L'Erôs a brisé mon âme, comme un vent*
*Des montagnes tord et brise les grands chênes.*

ERANNA

Ton cœur n'a point pitié des maux que tu déchaînes !
Erôs, être fatal, amer et décevant !

LE CHŒUR

Erôs, suprême Erôs !

ERANNA

De vos lèvres amères
Amantes, célébrez le tisseur de chimères !
Je maudis ta douceur, Erôs cruel et beau !

LE CHŒUR

Erôs !

ERANNA

Soudain un feu subtil court sur ma peau,
Je voudrais te louer, mais ma langue est brisée.

LE CHŒUR

Erôs !

ERANNA

Un tremblement m'agite toute...

LE CHŒUR

Erôs !

ERANNA

Et la sueur m'inonde ainsi qu'une rosée,
Je ne sais même plus chanter le doux mélos,
Erôs, maître des Dieux ! Erôs ! Erôs !

LE CHŒUR (*sur une note basse et prolongée.*)

Erôs !

(*Psappha sort lentement.*)

L'ÉTRANGÈRE

Elle s'en va vers toi qui guéris et consoles,
Pâle Persephona !

ERANNA

Je n'ai plus de paroles.
L'ombre de la douleur s'empare de mes yeux.
Hadès est fort, et vous êtes jaloux, ô Dieux !

DAMOPHYLA

Vierges, n'invoquons plus l'irritable Déesse
Qui se plaît à dompter nos cœurs par la détresse.
Elle est indifférente, aveugle, ingrate...

ERANNA (*se relevant.*)

O toi

Qui railles la pitié, la justice et la foi,
Aphrodita changeante, implacable Immortelle !
Tu jaillis de la mer, périlleuse comme elle.
La vague sous tes pas se brisait en sanglots.
Amère, tu surgis des profondeurs amères,
Apportant dans tes mains l'angoisse et les chimères,
Ondoyante et perfide, en tout semblable aux flots.

(*Sur ces dernières paroles une messagère entre, essoufflée, très pâle.*)

LA MESSAGÈRE

O vierges, elle expire à l'ombre de Leucade !
Réunissez vos chœurs... O lamentation
Sur Psappha, sur Lesbos, sur nous et sur Leucade !
Chantant avec fureur son invocation,
Et sanglotant ainsi que rit une Ménade,
Elle atteignit la roche et se précipita.

LE CHŒUR

O lamentation !...

QUELQUES-UNES (*très bas.*)

Erôs !

D'AUTRES (*plus bas encore.*)

Aphrodita !

(*Elles se prosternent, le front dans la poussière.*)

DAMOPHYLA

Psappha la délicate a subi la colère
Des Dieux qui, souriants, poursuivent leur dessein.
Déchirez vos péplos et frappez votre sein,
O vierges !

ERANNA

Elle expire et que pouvons-nous faire !
Coupez vos beaux cheveux en leur force...

LE CHŒUR

O Psappha !

DAMOPHYLA

O toi dont le laurier grandit et triompha

Parmi nous, se peut-il que tu meures, Psappha !
O toi que nous aimions, ô l'illustre, ô Psappha !

L'ÉTRANGÈRE (*se levant soudain au milieu du chœur prosterné.*)

Vierges souvenez-vous, en vos âmes confuses !
La commune douleur sur le commun trépas
Respecte la maison des serviteurs des Muses,
Cette auguste maison où le deuil n'entre pas.
Ne pleurez plus ! Ceignez vos jeunes fronts de roses,
De celles-là qui sont heureusement écloses,
Et la douleur n'ayant point fait baisser vos yeux,
Chantez comme l'on chante en la maison des Dieux !

*Les vierges, obéissant à l'ordre, ceignent leurs fronts de roses tressées, de lauriers et de thym et ressaisissent leurs paktis. Le rideau tombe.*

## J'AI JETÉ MES FLEURS...

C'est en vain que, pour moi, ma raison s'évertue,
Car je n'aime que ce qui me raille et me tue.

Et ma grande douleur terrible, la voici :
Partout je redirai : *Je ne suis pas d'ici.*

Je n'ai rien calculé, je suis née ivre et folle,
Au hasard, j'ai semé mon âme et ma parole.

J'ai donné mes baisers et mes fleurs et mes lais,
Et je n'ai point compris que je me dépouillais...

J'aime le vent qui fait les pires catastrophes,
L'encens mortel, les soirs fiévreux, le vin des strophes.

Si je ne puis mourir d'une très douce mort
Où je m'exhalerais sans cris et sans effort,

Que retombe sur moi l'effroi d'un beau désastre,
L'écroulement d'un temple ou la chute d'un astre !

Et que je disparaisse au regard des humains,
Ayant jeté mes fleurs au hasard des chemins.

Que, si la Destinée est à ce point clémente,
La nuit m'ensevelisse et le vent me lamente !

Et dans ce long repos qu'aucun mot ne traduit,
Que je dorme parmi les choses de la nuit.

## ELLE PASSA

J'étais pareille à la voyageuse recrue,
Lasse enfin des courants et des vents et du sort
Et qui n'aspire plus qu'au bon sommeil du port...
Miraculeusement vous m'êtes apparue...

Et vous ressembliez à tout ce qui m'est cher,
Aux jardins de juillet dans leur douceur croissante,
Aux parfums respirés au détour d'une sente,
Aux lys graves, aux clairs de lune sur la mer.

Semblable à celles-là qu'une langueur accable,
Sachant que vous étiez mon fragile avenir,
Je vous regardais vivre et briller et fleurir,
O lys parfait, ô clair de lune irréprochable !

J'oubliais que je viens d'errer sur des chemins
Trop rudes... Malgré moi je me suis arrêtée...
Et cependant, ô belle à la voix enchantée !
Je pleure de sentir mon cœur entre vos mains.

## REGARD EN ARRIÈRE

J'admirais autrefois les splendides vainqueurs
Vers qui monte la flamme extatique des cœurs.

Mais je n'aime aujourd'hui que les vaincus très calmes
Dont le sang fier ternit la verdure des palmes.

Moi qui compte à pas lents le chemin du retour,
J'aimais hier la gloire évidente du jour.

Mais je sers aujourd'hui la nuit, ma souveraine,
Qui seule inspire une âme orgueilleuse et sereine.

Parmi le peuple, hier encor je contemplais
D'un regard ébahi le fronton des palais.

Je n'aime maintenant que les grandes ruines
Où tardent, en pleurant, les présences divines.

Je me tais, je m'enfuis et d'un geste lassé
Je drape sur mon cœur la pourpre du passé.

Qu'un hasard guide enfin mon désespoir tranquille
Vers l'eau d'une oasis ou les berges d'une île,

Où je puisse dormir, mon voyage accompli,
Dans la sécurité profonde de l'oubli.

DEVANT L'ÉTÉ

Voici l'été... Les jours sont trop longs, mon amie,
L'ombre tarde... On entend l'heure du grand repos,
Des lys plus odorants, de la cloche endormie,
De la grande fraîcheur des feuilles et des eaux.

Je m'attriste de la clarté qui se prolonge.
Mon cœur est l'ennemi des midis éclatants.
Et malgré que les jours soient beaux comme un beau
[songe,
Cette heure qui me plaît, je l'attends trop longtemps.

Je le sais, le beau jour dore ta chevelure
Large et blonde et qui se réjouit du soleil,
Mais je préfère à tout cette tristesse pure
Et cet ennui final qui mènent au sommeil.

J'adore ton visage et je préfère l'ombre
Mystérieuse où je ne puis que l'entrevoir...
Je préfère à ton clair regard ton regard sombre,
Belle, tu m'apparais plus belle vers le soir.

Dans l'espoir de cette heure où tout désir s'émousse,
Oublions la splendeur dure des jours trop longs.
Dans le désir et le regret de la nuit douce
Par ces longs soirs d'été trop lumineux, allons...

Moi, je me baignerai dans cette ombre illusoire
De tes cheveux et de tes seins et de tes bras
En songeant à la paix, la douceur et la gloire
D'un beau soir violet qui ne s'achève pas.

## DANS UN CHEMIN DE VIOLETTES

Dans l'air la merveilleuse odeur de violettes,
Nos doigts entrelacés et nos lèvres muettes.

Les rosiers roux ont la couleur de tes cheveux
Et nos cœurs sont pareils... Je veux ce que tu veux.

Tout le jardin autour de nous, ma bien-aimée,
Et la brise embaumant ta face parfumée.

Nulle n'a la splendeur de tes cheveux flottants
Ni le charme de ton sourire, ô mon Printemps !

De tout mon cœur avide et chantant je te loue.
Nulle n'a le contour précieux de ta joue,

Nulle n'a ce regard incertain qui me plaît
Mêlé de gris aigu, de vert, de violet,

Dans l'énorme univers nulle ne te ressemble
C'est pourquoi près de toi mon désir brûle et tremble.

Je le sais, ton regard n'a pas de loyauté
Et ta bouche a menti... Que j'aime ta beauté !

Règne sur moi toujours, préférée et suprême...
Que tes plus petits pas sont charmants... Que je t'aime !

## A UNE OMBRE AIMÉE

Voici l'heure où le mort goûte aux festins funèbres,
Et je t'ai préparé, comme hier, le repas.
Grâce aux flammes, grâce aux lampes, on ne sent pas
L'enveloppement fin et serré des ténèbres.

Voici mes voiles verts... Voici mon front paré
Des gemmes et des fleurs qui conviennent aux fêtes.
Comme hier, comme hier, toutes choses sont prêtes.
Viens t'asseoir au repas savamment préparé.

Ton cœur m'approuvera... Ce vin est délectable,
Ayant mûri dans le soleil d'un très beau jour,
Ces fruits semblent pétris sous les doigts de l'amour,
Une lueur très douce illumine la table.

Ta place habituelle est prête... Viens t'asseoir.
Très chère ! et prends ici ta place accoutumée,
Mon amie aux doux yeux tristes, ma bien-aimée
Pour toi j'ai revêtu mes parures, ce soir...

Mais un souffle très froid entre-bâille la porte
Et dans mon corps glacé je sens mon cœur transi.
Je ne puis oublier que je suis seule ici,
Que je suis triste et que je n'aime qu'une morte.

# PARTENZA

## I

### SUR LE MODE MAJEUR

Je sens croître l'ennui des livres vieux et sages.
Donnez-moi, des mâts et des cordages !

Je ris en jetant l'ancre... Au hasard du vent fou,
Du flot capricieux, j'irai je ne sais où.

Mon corps est moins pesant et mon âme s'allège,
Car je ne reviendrai jamais... Ou donc irai-je ?

Puisqu'on y voit des ciels et des aspects nouveaux,
Tous les pays que l'on ne connaît pas sont beaux.

Les paysages sont changeants comme les nues...
Qui dira la splendeur des terres inconnues ?

Je me souviens qu'au fond des soirs longs et songeurs,
J'écoutais les très beaux récits des voyageurs.

Ils avaient rencontré la fièvre et la soif rouge
Et le ciel qui s'abat et la terre qui bouge.

Ils avaient triomphé des coups de vent soudains,
L'orage subissait leurs superbes dédains.

La catastrophe était leur compagne de route,
Ils n'avaient point connu le regret ni le doute...

Et le temps est venu pour moi. Je pars, comme eux,
Selon la volonté des courants hasardeux.

Qu'on détache l'amarre et qu'on hisse les voiles
Dès que s allumeront les premières étoiles !

Le ciel est doux, l'heure est favorable. A mon tour
Je vais vers ces pays de terreur et d'amour.

Et je dis mes adieux aux choses familières,
Aux doux prés, aux maisons et leurs bonnes lumières.

Je m'en vais sans douleur, pour ne plus revenir.
Mais j'emporte en mon cœur un profond souvenir...

Dans le fond ténébreux et triste de mon âme
S'éclaire avec douceur un visage de femme.

## II

### SUR LE MODE MINEUR

... J'ai vu trop d'océans. J'ai vu trop de pays.
Le regard s'éteint presque en mes yeux éblouis,

Et, lasse, comme après une besogne ardue,
Je retournerai vers celle que j'ai perdue.

Elle lira mes yeux et saura qui je suis
Et nous nous souviendrons de nos plus belles nuits...

Loin d'elle, j'étreignis des femmes inconnues.
Leur image est pareille à la forme des nues,

Aux caprices du vent, aux remous de la mer
Et je ne me souviens de rien qui me fut cher.

Les autres ont passé sur mon chemin, mais elle
Unique, elle demeure en mon âme éternelle.

Je la verrai toujours ainsi que je la vis,
Avec les mêmes yeux ignorants et ravis.

A travers les hasards des courants et de l'heure
Et des vents et des ciels, elle existe et demeure.

Je m'en retournerai, comme on retourne au port,
Vers celle qui jadis détermina mon sort...

Le chant sourd du passé m'attire et me rappelle,
Et c'est par un beau soir que je reviens près d'elle ..

# HYMNE A LA LENTEUR

Parmi les thyms chauffés et leur bonne senteur
Et le bourdonnement d'abeilles inquiètes,
J'élève un autel d'or à la bonne Lenteur
Amie et protectrice auguste des poètes.

Elle enseigne l'oubli des heures et des jours
Et donne, avec le doux mépris de ce qui presse
Le sens oriental de ces belles amours
Dont le songe parfait naquit dans la paresse.

Daigne nous inspirer le distique touchant
Qui réveille en pleurant la mémoire dormante,
O Lenteur ! toi qui rends plus suave un beau chant
Mélancolique et noble et digne de l'amante !

Inspire les amours, toi qui sais apaiser,
Retenir plus longtemps et rendre plus vivace
Et plus suave encore un suave baiser,
Et révèles la gloire entière de la face.

Nous ployons devant toi nos dociles genoux,
La contemplation nous étant chère encore...
Puisque nous t'honorons, demeure parmi nous,
Toi que nous adorons, ô Lenteur que j'adore !

## RECONCILIÉES

Mon éternel amour, te voici revenue.
Voici, contre ma chair, ta chair brûlante et nue.

Et je t'aime, et j'ai tout pardonné, tout compris,
Tu m'as enfin rendu ce que tu m'avais pris.

Je puis enfin dormir, dans l'ombre de ta couche,
Puisque j'ai reconquis ton regard et ta bouche.

J'oublie en tes doux bras qu'il fut des jours haïs,
Que tu m'abandonnas et que tu me trahis.

Qu'importe si jadis le caprice des heures
Sut t'entraîner vers des amours inférieures ?

Qu'importe un être vil ? Son nom soit effacé !...
Je ne me souviens plus de ce mauvais passé.

Je ne me souviens plus que de ta face pâle
Lorsque tu fis le don suprême, dans un râle...

Et voici, comme hier, ton corps entre mes bras...
Ordonne, je ferai tout ce que tu voudras.

Comment ne point bannir toute ancienne querelle
Et ne point pardonner, en te voyant si belle ?

Comment ne pas t'éteindre et ne pas abolir
Le souci, l'amertume et le long souvenir,

Et n'aimer point la nuit qui voit nos chairs liées,
Et mourantes d'amour et réconciliées ?...

## CHAIR DES CHOSES

Je possède, en mes doigts subtils, le sens du monde,
Car le toucher pénètre ainsi que fait la voix.
L'harmonie et le songe et la douleur profonde
Frémissent longuement sur le bout de mes doigts.

Je comprends mieux, en les frôlant, les choses belles,
Je partage leur vie intense en les touchant.
C'est alors que je sais ce qu'elles ont en elles
De noble, de très doux et de pareil au chant.

Car mes doigts ont connu la chair des poteries
La chair lisse du marbre aux féminins contours
Que la main qui les sait modeler a meurtries,
Et celle de la perle et celle du velours.

Ils ont connu la vie intime des fourrures,
Toison chaude et superbe où l'on plonge les mains,
Et l'odorant secret des belles chevelures
Où la brise du soir effeuilla des jasmins.

Semblables à ceux-là qui viennent des voyages
Mes doigts ont parcouru d'infinis horizons,
Ils ont éclairé, mieux que mes yeux, des visages
Et m'ont prophétisé d'obscures horizons.

Ils ont connu la peau subtile de la femme,
Et ses frissons cruels et ses parfums sournois...
Chair des choses ! j'ai cru parfois étreindre une âme
Avec le frôlement prolongé de mes doigts...

## GLAS

Gardant la dignité d'un silence hautain,
J'entends sonner d'en haut l'heure de mon destin.

Sa lamentation traverse la lumière,
Elle sonne en pleurant, exacte et régulière.

Elle sonne, elle annonce, elle dit : Tu mourras.
Je sens qu'il est des sorts qui ne pardonnent pas,

Des routes sans bonheur et sans espoir suivies,
De si tristes amours et de si trtstes vies.

Moi, j'ai vécu les yeux aveuglément ouverts
Dans l'incompréhensible et terrible univers.

J'ai porté la douleur des autres et la mienne,
J'ai revêtu le deuil et chanté l'ancienne,

Je fus humiliée à la face des cieux,
J'ai vu m'abandonner ce que j'aimais le mieux,

Et j'ai vu m'échapper l'amour comme la gloire.
Tout s'accomplit enfin... Sonne, ô mon heure noire !

Sonne, dans un ciel gris et dans un vent mauvais,
Et proclame d'en haut que j'ai trouvé la paix.

## POUR L'UNE, EN SONGEANT A L'AUTRE

Je vous admire et je vous sens indiscutable
Autant qu'une statue en face de la mer.
Vos regards ont ce bleu périlleux qui m'est cher.
Vos cheveux d'or brûlé sont plus doux que le sable.

Vous êtes belle ainsi qu'un hymne triomphal.
L'eurythmie elle-même a décidé vos poses.
J'aime, pour vos cheveux, les rubis et les roses
Rouges, pour votre corps un lourd manteau ducal.

Maintes et maintes fois, relisant votre face,
Je vous admire, ainsi qu'un poème éternel...
Vous êtes évidente à la façon du ciel,
Gloire de votre terre et fleur de votre race...

Oui, vous êtes pareille, avec la cruauté
De vos regards d'azur, de vos hanches profondes,
A celle qui posa ses pieds nus sur les ondes,
Et je célèbre en vous l'implacable beauté.

Vous êtes despotique, invincible, éternelle,
Et vos caprices ont l'autorité du vent.
Jamais nul ne dira trop haut ni trop souvent,
Elle est belle... Car vous êtes belle, très belle...

Vous êtes vous, enfin. Pourquoi faut-il alors
O parfaite ! qu'auprès de vous je me souvienne
D'un visage lointain et d'une image ancienne,
Et de pâles cheveux sans rayons et sans ors ?

Pourquoi faut-il ainsi que mon éloge alterne
Avec un long sanglot sur le monde mineur,
Qui célèbre sans fin, sans paix et sans bonheur,
Les yeux moins lumineux, la chevelure terne ?

Les jours auprès de vous sont plus clairs et meilleurs.
Vous n'avez jamais eu ce geste qui repousse,
Et vous êtes plus belle et vous êtes plus douce...
Pourquoi faut-il qu'on aime ailleurs ? toujours ailleurs ?

## ENSEIGNEMENT

Tu veux savoir de moi le secret des sorcières ?
J'allumerai pour toi leurs nocturnes lumières,
Et je t'apprendrai l'art très simple des sorcières

Les sorcières ne sont vivantes que la nuit.
Elles dorment pendant le jour. Leur regard fuit,
N'étant habitué qu'à l'ombre de la nuit,

Les sorcières ont des âmes calmes et noires,
Les astres leur sont moins étranges que les foires.
Le feu des mondes luit en leurs prunelles noires.

On les craint, on les chasse, on ne les aime pas.
Elles ont fui l'auberge et le commun repas.
Elles n'ont point compris, on ne les comprend pas.

Cependant, elles sont très simples... On doit naître...
Pour les comprendre, il faut quelque peu connaître.
Et savoir qu'elles ont le droit d'être et de naître...

Chacun parle très haut et du bien et du mal.
L'on sait que c'est un tort grave d'être anormal,
Leur cœur inoffensif n'a point conçu le mal.

Mais ces femmes sont les maudites étrangères.
Car dans un monde épais, leurs âmes sont légères,
Et ses lois leur seront à jamais étrangères.

Elles touchent à peine, — et si peu ! le sol franc.
Elles n'aiment que le tout noir ou le tout blanc
Ou la nuance dont le reflet n'est pas franc.

Par leurs regards, par leurs sourires équivoques,
La pourpre sombre et l'or terne des vieilles loques
Revêtent, sur leur corps, des splendeurs équivoques,

Elles savent cacher au dur regard du jour
Leur cœur, leur haine triste et leur si triste amour,
Leur âme indifférente à la beauté du jour.

Peu leur importe si, plus tard, enfin vaincues
Par les pouvoirs du jour, leurs musiques vécues
S'étreignent, ainsi qu'un faible appel de vaincues...

Peu leur importe, — tout leur est indifférent,
Car l'univers n'est qu'un luth docile qui rend,
Selon la main, un doux sanglot indifférent.

Elles vivent dans un songe las, solitaires
Comme la lune, ayant choisi, parmi les terres,
Celle où meurent le mieux les âmes solitaires.

## PETIT POÈME ÉROTIQUE

*Et je regrette et je cherche Psappha.*

... Et je regrette et je cherche ton doux baiser.
Quelle femme saurait me plaire et m'apaiser ?
Laquelle apporterait les voluptés anciennes
Sur des lèvres sans fard et pareilles aux tiennes ?

Je le sais, tu mentais, ton rire sonnait creux,
Mais ton baiser fut lent, étroit et savoureux,
Il s'attardait, et ce baiser atteignait l'âme
Car tu fus à la fois le serpent et la femme.

Mais souviens-toi de la façon dont je t'aimais...
Moi, ne suis-je plus rien dans ta chair ? Si jamais
Tu sanglotas mon nom dans l'instant sans défense,
Souviens-toi de ce cri suivi d'un grand silence.

•

Je ne sais plus aimer les beaux chants ni les lys
Et ma maison ressemble aux grands nécropolis
Moi qui voudrais chanter, je demeure muette.
Je désire et je cherche et surtout je regrette...

## ELLE RÈGNE

### SONNET

Le soir était plus doux que l'ombre d'une fleur.
J'entrai dans l'ombre ainsi qu'en un parfait asile.
La Voix, récompensant mon attente docile,
Me chuchota : « Vois le palais de la Douleur. »

Mes yeux las s'enchantaient du violet, couleur
Unique, car le noir dominait. Immobile
La Douleur demeurait assise, très tranquille.
J'admirais l'unité de sa grande pâleur.

Mon cœur se resserait dans un étau funeste,
Et j'allais m'éloigner, lorsqu'elle me dit : Reste.
Aussitôt j'entendis prolonger un sanglot.

Dans la salle du trône, un clair de lune blême
Envahissait la nuit, comme un rocher le flot,
Et la Douleur régnait, implacable et suprême.

## UNION

Notre cœur est semblable en notre sein de femme,
Très chère ! Notre corps est pareillement fait.
Un même destin lourd a pesé sur notre âme,
Nous nous aimons et nous sommes l'hymne parfait.

Je traduis ton sourire et l'ombre sur ta face.
Ma douceur est égale à ta grande douceur,
Parfois même il nous semble être de même race...
J'aime en toi mon enfant, mon amie et ma sœur.

Comme toi j'aime l'eau solitaire, la brise.
Des lointains, le silence et le beau violet...
Par la force de mon amour, je t'ai comprise :
Je sais exactement quelle chose te plaît.

Voici, je suis plus que tienne, je suis toi-même
Tu n'as point de tourment qui ne soit mon souci...
Et que pourrais-tu donc aimer que moi je n'aime ?
Et que penserais-tu que je ne pense aussi ?

Notre amour participe aux choses infinies,
Absolu comme sont la mort et la beauté...
Voici, nos cœurs sont joints et nos mains sont unies
Fermement dans l'espace et dans l'éternité.

## DEVANT LE COUCHANT

Je subis la langueur du jour déjà pâli...
Je suis très lasse, et je ne veux plus que l'oubli.

Si l'on parle de moi, l'on mentira sans doute.
Et mes pieds ont été déchirés par la route.

Certes, on doit trouver plus loin des cieux meilleurs,
Des visages plus doux... Je veux aller ailleurs...

Je vous l'ai dit, je suis affaiblie et très lasse...
Tel le dernier rayon du soir dernier s'efface...

Ma douleur m'apparaît très lourde et très légère.
Oubliez-moi qui suis une âme passagère.

Je suis venue ici, je ne sais pourquoi,
Et j'ai vu des passants se détourner de moi.

Sans vous comprendre et sans que vous m'ayez comprise,
J'ai passé parmi vous, noire dans l'ombre grise.

Sans hâte et sans effroi, je rentre dans la nuit...
Avec tout ce qui glisse, avec tout ce qui fuit.

Je pars comme on retourne, allégée et ravie
De pardonner enfin l'amour et la vie.

## PAREILLES

Le regard clair et la voix limpide j'entame
Un hymne triomphal à ma Divinité,
A l'Amour parfois doux et souvent irrité,
Car, en ce jour, je me réjouis d'être femme !

Et loué soit le sort en ses obscurs desseins
De ceci : que nos cœurs sont pareils, ma maîtresse !
Car nous aimons la grâce et la délicatesse,
Et ma possession ne meurtrit pas tes seins...

Malgré la véhémence agressive et farouche
De tout désir, et sa lente cruauté
Qui m'attire vers les replis de la beauté,
Ma bouche ne saurait mordre âprement ta bouche.

Je crois n'avoir jamais pu te blesser, ainsi
T'aimant, ni dans ton cœur ni même en mes pensées,
Moi qui n'ai su rythmer les strophes cadencées
Que pour te plaire, ô mon cher et cruel souci !

## MON AMI LE VENT

Mon vieil ami le vent, entre dans ma demeure
Et joint sa voix à ma voix lamentable et pleure...
Pleurons le jour, pleurons le soir, pleurons la nuit.

Pleurons avec la voix des femmes malheureuses
Sur la jeunesse morte et l'amour qui fuit
Malgré les bras tendus des tristes amoureuses.

Pleurons les jours mauvais qui pèsent sur les fronts
Nt sur tous et sur tout, ô mon ami, pleurons !
Pleurons le sort mauvais des êtres et des choses.

Plaignons les yeux que nul rayon d'or ne ravit,
Les vieux livres brûlés, la lente mort des roses...
O vent, mon ami cher, plaignons tout ce qui vit !

Qu'on s'éloigne de la grand'salle où l'ombre flotte,
Et que nul ne m'entende, alors que je sanglote
Ainsi que fait le vent, dans les coins endormis,

Et le chêne s'écroule au loin, la vitre tremble...
Nous nous aimons et nous sommes de vieux amis,
Car nous pleurons ensemble.

## PENDANT QU'ELLE DORMAIT

Vous avez entr'ouvert vos lèvres cette nuit
Et j'ai cru que c'était pour des paroles basses,
Mais vous avez laissé retomber vos mains lasses...
Vous avez soupiré, c'était à peine un bruit.

Moi je vous regardais, je regardais cet ambre
Rouge et cet or profond que sont vos doux cheveux...
Je tenais dans mes mains le plus cher de mes vœux,
L'Amour lui-même était présent dans notre chambre.

Je ne m'endormirais plus pour voir votre sommeil
Semblable au rocher calme où le vent dur s'émousse...
Dans l'émerveillement d'une nuit aussi douce,
J'ai cru que jamais ne renaîtrait le soleil.

J'aurais parlé, mais vous vous êtes retournée,
Car le sommeil s'était emparé de vos yeux,
Vous dormiez, bienheureuse à la façon des Dieux,
Et vous ne m'aimiez plus... J'étais abandonnée...

## RÉVENUE

Voici, je t'ai reprise et je t'ai reconquise...
J'attendais ici, pour le fêter, ton retour...
Que tu parais exquise, en ce fauteuil assise !
Je t'aime mieux qu'au jour premier de notre amour.

Tu n'as pas su comprendre et j'ai paru moins tendre,
Ce fut l'éloignement de moi, de ton amant !
Je suis lasse d'attendre et je viens te reprendre,
Et c'est l'enivrement de l'unique moment.

Irréelle et suprême à l'égal d'un poème,
La splendeur du revoir a dépassé l'espoir...
Et te voici toi-même, ô la femme que j'aime !
Et tu reviens t'asseoir près de moi dans le soir...

## PROFESSION DE FOI

J'aime l'avril et l'eau, l'arc-en-ciel et la lune,
J'aime tout ce qui change et qui trompe et qui fuit.
Mon rire est inconstant autant que la fortune,
Et je mens, car je suis la fille de la nuit.

Et la nuit reconnaît en moi sa fille tendre.
Elle me fait venir dans les bois endormis
Et me donne l'ouïe exquise pour entendre,
Comme en un songe aigu, les pas des ennemis.

La nuit me fut toujours magnifique et clémente,
J'appris d'elle les noirs chemins où l'on peut fuir,
Elle amortit le bruit de mes pas sur la menthe
Où l'ombre est douce autant qu'un léger souvenir.

J'obtins d'elle le doux mépris de ce qui presse,
Le regard détourné, la sainte horreur du bruit...
Etant comblée ainsi, j'adore ma Déesse
Inconnaissable et noire et parfaite, la Nuit.

## MON CŒUR EST LOURD

Mon cœur est lourd, mon cœur est lourd dans ma poitrine.
Le soir tombe... Que l'on m'enterre avec mon cœur.

L'amour me fut celui qui dompte et qui domine,
Il parut dans ma vie en ennemi vainqueur.

Moi, j'attendais de lui la concorde divine,
L'hymne parfait chanté par les astres en chœur.

Ô mon palais détruit et mon temple en ruine !...
Femmes, je n'ai pas su triompher de mon cœur.

Car toujours, en vivant, un destin nous domine,
Et mon destin, ce fut ce dur amour vainqueur.

Voici pourquoi mon cœur est lourd dans ma poitrine...
Que l'on m'enterre avec tout le poids de mon cœur...

## LA DEMEURE DU PASSÉ

### I

### SUR LE MODE MAJEUR

Toi qui m'as oubliée aujourd'hui, qui fus mienne
Cependant, viens dans la maison aérienne
Du songe et du passé.

Il y demeure un soir doux au regard lassé.
Les chambres aux plafonds creusés comme les dômes,
        Se peuplent de fantômes.

On trouve là-bas des livres oubliés
Des sachets odorants encore, et des colliers,
        Des choses familières.

Je ne sais quoi de triste obscurcit les lumières
Pourtant... Dans l'air traîne un nostalgique parfum,
        Car on attend quelqu'un.

Reviens dans la maison du passé, mon amie,
Et ta chambre, qui fut si longtemps endormie,
S'éveillera pour toi.

Car on n'y reconnaît que ton ordre et ta loi
Que nul ne contredit et que nul ne transgresse,
Mon maître et ma maîtresse.

Reconnais ton odeur d'ambre mêlé d'iris...
Toute chose dans la demeure de jadis
Pour ta chère empreinte,

Le foyer s'est éteint, la lampe s'est eteinte
Dans la chambre sans fleurs où je t'ouvre les bras,
Toi qui ne viendras pas !

II

## SUR LE MODE MINEUR

Miraculeusement, te voici revenue,
En cherchant, à travers la bleuâtre avenue,
La maison du passé.

Entre dans la maison chère au désir lassé
Et vois, sous les plafonds creusés comme des dômes,
Son peuples de fantômes.

Rentre dans la maison qui t'accueille, où j'attends...
Rien n'est changé, sauf les tons d'or éclatants
Et les roses fanées.

Et me voici, pareille à travers les années
Pour t'accueillir, en ce dur instant de retour
Avec le même amour.

## ALLONS DANS LE SOIR

Le soir ranime un peu le parfum de ces fleurs.
Si vous le voulez bien, admirons-les ensemble.

Mon cœur est affranchi de ses vieilles douleurs
Et ma sérénité ne veille ni ne tremble,

Il est tant de beauté sur la terre. Voyez,
Elle est belle, comme en sa naissance première.

Voici que, sur nos pas, des astres dévoyés
Jettent, superbement, leurs éclats de lumière.

Voici descendre enfin sur nous la belle nuit
Si douce à qui se meurt, à qui se désespère,

Où notre âme, fluide ainsi qu'une eau, s'enfuit
Sans ancres et sans mâts et sans points de repère.

Pour ceux qui sont lassés de l'azur et du jour,
Le soir est un asile, un sanctuaire, un temple.

...Pourquoi me parlez-vous d'amour, toujours d'amour?
Je suis tranquille et suis assise et je contemple.

## SUR LE RYTHME SAPHIQUE

*Pour moi ce qu'on désire*
*Je l'ai méprisé.*

SAPHO.

Pour moi, ni l'amour triomphant, ni la gloire,
Ni le souffle vain d'hommages superflus.
Mais la paix d'un coin dans une maison noire
Où l'on n'aime plus.

Je sais qu'ici-bas jamais rien ne fut juste,
Je fus patiente en attendant la mort.
J'ai tû ma douleur, et quoiqu'il fut injuste
J'ai subi mon sort.

Pour moi, ni l'accueil bienveillant des fêtes,
Mais l'apaisement d'un très profond soupir,
Le silence noir qui succède aux défaites
Et le souvenir.

## ENTRE DANS MON ROYAUME

Entre dans mon royaume, envahis mon empire.
La grande salle a des colonnes de porphyre...
Nous y célèbrerons les lumineux festins
Et nous nous réjouirons avec les morts hautains
Et les mortes charmantes.

Les princesses et les reines et les amantes,
Paradant et riant comme en leurs plus beaux jours,
Revêtiront pour nous leurs glorieux amours.
Regarde, les voici, très grandes, très sereines,
Celles qui furent Reines.

Le long cortège des sibylles et des rois
Se déroule, portant la pourpre d'autrefois.
N'as-tu point reconnu, fantômes sous la lune,
Rosemonde très blonde, Anne Boleyn très brune
Et Bess aux cheveux roux ?

Vois, devant ton regard orgueilleusement doux
Passer, chantant, pleurant ou riant, toutes celles
Qui régnèrent, que l'on aima, qui furent belles,
Les fontaines ont des flammes parmi leurs jets
Pour charmer tes sujets.

Un grand prêtre ceindra ton front de la couronne.
Devant cette assemblée illustre, entends : j'ordonne
Qu'ici tout, désormais, te demeure soumis,
Que tes vœux soient mes vœux, mes amis, tes amis,
O volonté royale !

Franchi le seuil de cette ancienne cathédrale
Que j'ai bâtie avec mes songes dans le soir.
On a paré la nef pour mieux te recevoir.
Entre, sous le plafond semblable au creux d'un dôme,
Reine dans mon royaume.

# THRÈNE

A.

Femmes, pour revêtir ce corps dans le tombeau
Avez-vous su tisser un linceul assez beau ?

B.

*Avec un soin pieux nous l'avons embaumée,*
*Cette morte qui fut pour nous la sœur ainée.*

A.

Joignez les mains, priez pour l'âme qui s'enfuit,
Et s'éloigne, très triste et seule, dans la nuit.

B.

*Nous pleurons sur la mort de celle qui fut belle*
*Et pour qui nous tramons un linceul de dentelle...*

A.

Prouvez-lui votre amour et votre loyauté
En servant dans la mort sa dernière beauté!

B.

*Tissons pour cette morte adorable et chérie*
*Un voile comparable au voile de Marie...*

A.

Disposez avec art ses cheveux sur son front,
Sachant qu'à votre tour, d'autres vous pareront.

B.

*Nous cueillons, en pleurant, les tristes asphodèles...*
*Dieu bienfaisant, donnez à cette âme des ailes !*

## NUPTIALE

Elle viendra tantôt, cette femme que j'aime !
Son voile aux plis flottants a de nobles ampleurs...
Vous qui savez chanter, chantez un beau poème...
Et parsemez et de fleurs et de fleurs et de fleurs
Le chemin lumineux de la femme que j'aime.

Elle viendra vers moi, très blanche dans le soir,
Cette femme que j'aime entre toutes les femmes !
Elle a le don de se vêtir et se mouvoir
Et de marcher sans bruit ainsi que font les âmes...
Combien son pas léger est charmant dans le soir !

Qui dira la beauté de Celle qui s'approche
Et m'apporte mon cœur entre ses tendres mains ?
Son visage est parfait, son corps est sans reproche,
Son regard ne craint pas l'ombre des lendemains
Elle sait que je l'aime, Elle vient et s'approche...

Vierges qui l'attendez, éteignez les flambeaux,
Disposez autour d'elle ainsi qu'une parure
L'ombre douce qui rend les visages plus beaux,
Le regard plus profond et la ligne plus pure...
Je l'entends... Elle vient... Eteignez les flambeaux.

# CONTE DE FÉE

Une princesse attend, dans un cachot sans jour,
Elle expie on ne sait quel criminel amour.

On sait uniquement qu'elle est prédestinée.
Elle est belle... Elle est jeune... Elle est l'Infortunée.

Cependant le malheur n'a point courbé sont front.
La nuit se fait... Bientôt les bourreaux entreront.

Elle n'écoute pas alors que le glas pleure,
Elle sait pourtant qu'ils entreront tout à l'heure.

Etle se voilera de ses profonds cheveux.
Et les bourreaux diront simplement : Je le veux.

Mais elle, détournant ses regards et sa bouche,
Demeurera, sous leurs baisers, calme et farouche.

L'amour et les tourments la briseront en vain.
Elle mourra, dans la hauteur de son dédain.

Elle fut la puissante et la très adorée
Et nul ne pleurera sur sa tombe ignorée.

On l'ensevelira dans la nuit. En tremblant,
Une femme mettra sur son cœur un lys blanc.

# SONNETS

I

## SONNET IRRÉGULIER

*No ! time, thou shalt not boast that I do change...*

**Shakespeare, sonnet CXXIII**

O temps ! ô conquérant ! te voici vaincu, toi
L'invincible, toi qui gardes un front tranquille.
Tu te vantes que tout change... Tout change... Et moi
Pourtant, dans l'univers mouvant, reste immobile.

Fais en vain refléter dans mon regard tranquille
Tes beaux temples bâtis selon l'exacte loi
Et détruis en un soir de flammes et d'effroi,
Ton cortège de rois détrônés qui défile,

O temps mauvais, redis en vain les serments faux,
Exige vainement les pompeux échafauds
Des tout-puissants d'hier ! Car mon âme demeure.

Et je célèbre ici mon éternel amour.
J'ai dominé l'espace et la durée et l'heure,
O temps vaincu !.. Je t'aime autant qu'au premier jour.

## II

## SONNET IRRÉGULIER

*Or on my frailties why are frailer spies ?*
**Shakespeare, sonnet CXXI.**

Il vaut mieux être vil que d'être estimé vil...
Quels sont ces espions de ma pauvre nature
Dont je suis à la fois la dupe et la pâture
Et dont l'arrêt prescrit l'irrévocable exil ?

Quels sont ces espions en effet ? Que faut-il
Faire pour contenter ceux-là ? Quelle pâture
Leur jeter ? Que sont-ils ? et de quelle nature,
Ceux-là qui m'ont jugé, disant que je suis vil ?

Pour moi je ne connais ni leurs noms ni leurs faces,
Mais je les sais trompeurs et petits et voraces
Et n'ayant que l'amour des gloires et du bien.

Moi qui vis au milieu des hommes et des femmes
Pourtant, et ne devrais plus m'ébahir de rien,
Je demeure étonné devant ces pauvres âmes.

## III

### SONNET

Ne m'accuse jamais de mensonge, ô ma douce !
Je ne t'ai pas menti. Je ne te mens jamais.
Je ne fus point toujours irréprochable, mais
Cette accusation de toi, je la repousse.

Certes, je crains ta voix lorsqu'elle se courrouce,
Je crains mortellement cette voix que j'aimais,
La voix à qui je dois obéir désormais,
Et lorsqu'elle a dicté, mon courage s'émousse.

Mais, sous ton clair regard qui pénètre les reins,
Plutôt que de mentir, ô Douce que je crains !
Lorsqu'il fallait parler, je me suis abstenue.

Je dis la vérité, comme au temps du trépas,
Et devant ton regard, voici mon âme nue,
Devant ton clair regard qui ne pardonne pas.

IV

## SONNET IRRÉGULIER

*To me, fair friend, you never can be old.*
**Shakespeare, sonnet CIV.**

Tu ne vieilliras point à mes yeux, ô très belle !
Jamais tu ne perdras ce rythme de ton corps
Parfait et ressemblant aux plus nobles accords,
Et tu demeureras dans mes yeux, éternelle.

En ce temps si lointain de ta beauté décrue,
Je te verrai toujours comme aux temps de jadis,
Virginalement blonde et longue autant qu'un lys,
Telle qu'au soir lointain où tu m'es apparue.

Toi que j'aime, ne crains donc plus le temps futur,
Ni le front moins laiteux, ni le regard moins pur,
Ni, dans le sablier, le glissement des sables.

Malgré l'aspect futur que tu revêtiras
Et les rides, et les rides inévitables !
Dans mes fidèles yeux tu ne vieilliras pas.,.

## V

## PENDANT QU'ELLE CHANTAIT EN S'ACCOMPAGNANT

### SONNET PRÉCIEUX

*How oft, when thou, my music, music play'st...*
Shakespeare sonnet CXXVIII.

Sous tes doigts lents et doux naît la lente musique,
Et mon cœur est pareil aux cordes sous tes doigts.
Soumis, il accompagne et commente ta voix,
Et comme eux il subit le servage rythmique.

En esclave, je sers le vouloir despotique
De tes accents réglés selon les justes lois,
Et je pleure, à ton gré, les baisers d'autrefois,
A ton gré, je gémis et supplie et réplique.

Instrument dont l'écho se prolonge et ravit,
O bois mort plus heureux que la bouche qui vit,
Toi le confident cher des soucis et des fièvres,

Obéis, comme moi, le serviteur, l'amant !...
Pourquoi préfères-tu ces cordes à mes lèvres,
O toi que j'aime, ô toi que j'aime infiniment ?

## VI

## SONNET

*O, for my sake do you with Fortune chide*
*The guilty goddess of my harmful deeds.*

**Shakespeare, sonnet CXI.**

Ha ! ne me blâme plus, mais blâme mon destin
De tout ce que je fis de laid et de coupable !
Car lui seul enfonça mes pieds nus dans le sable
Où je m'enfonce, sans nul secours du lointain.

Ne me blâme donc plus de ce regard hautain
Qui pèse ma pensée et me juge et m'accable !
On a menti... Je suis le jouet de la fable,
Et l'on raille en parlant de moi dans un festin.

Ton regard clair me trouble et me décontenance.
Oui, je le sais, j'eus tort en mainte circonstance,
Et, très pieusement, j'ai rougi devant toi.

Mais partout la Douleur m'a traquée et suivie.
Ne me blâme donc plus, chère ! console-moi
D'avoir si mal vécu ma lamentable vie...

## TABLE

PRIVAS. — IMPRIMERIE LUCIEN VOLLE.

www.ingramcontent.com/pod-product-compliance
Ingram Content Group UK Ltd.
Pitfield, Milton Keynes, MK11 3LW, UK
UKHW031857260826
14628UKWH00002B/820

9 782329 033464